Collection folio benjamin

Pour Ruth

Traduction de Diane Costa de Beauregard

ISBN : 2-07-056702-8
Titre original : *Why Can't I Fly*
Publié par Andersen Press Ltd, Londres
© Ken Brown 1990
© Editions Gallimard 1990, pour la traduction française,
1992 pour la présente édition
Dépôt légal : avril 1992
Numéro d'édition : 54756
Imprimé par la Editoriale Libraria en Italie

Pourquoi pas moi?

Ken Brown

Gallimard

Tôt le matin, comme d'habitude, tous les
oiseaux étaient rassemblés près du lac.
– Ah ! que j'aimerais voler, pensait
l'autruche. Dis-moi, Moineau, pourquoi
est-ce que je ne peux pas voler ?

– Peut-être que ton cou est trop long,
répondit le moineau.
– Les flamants roses ont de longs cous
et ils peuvent voler, répliqua l'autruche,
alors pourquoi pas moi ?

– Je ne sais pas, pépia le moineau, peut-être que tes pattes sont trop longues ?
– Les cigognes ont de longues pattes et elles peuvent voler, répondit l'autruche, alors pourquoi pas moi ?

– Eh bien, peut-être que tes ailes sont trop courtes ? dit le moineau.

– Mais les tiennes sont toutes
petites et tu voles, soupira
l'autruche, alors pourquoi pas moi?
– Ça, je ne sais pas! Peut-être
que tu ne te donnes pas assez
de mal! conclut-il.

Et là-dessus
le moineau s'envola.

– Pas assez de mal,
pas assez de mal ?
pensa l'autruche.
Ah, je vais lui montrer
ce que je sais faire !

Je vais leur montrer à tous !

Aussitôt dit, aussitôt fait.

Elle courut le plus vite possible
et, battant des ailes,

sauta du haut
de la dune de sable…

… et tomba aussi vite qu'une pierre,
avec un inquiétant bruit sourd.

Mais, se redressant vaillamment,
elle vit un énorme rocher, et grimpa
jusqu'au sommet.
– Je vais leur montrer ! dit-elle, essoufflée.
Et, se jetant par-dessus bord en agitant
ses ailes, elle piqua la tête la première
dans le sable mou.

Très embarrassée, elle resta longtemps
la tête dans le sable.
 – Ils verront ce que je sais faire,
   murmura-t-elle. Et si mes ailes sont
   trop courtes, je les allongerai.

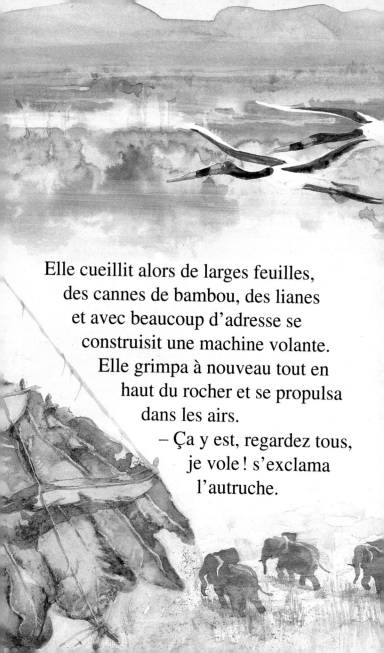

Elle cueillit alors de larges feuilles,
des cannes de bambou, des lianes
et avec beaucoup d'adresse se
construisit une machine volante.
Elle grimpa à nouveau tout en
haut du rocher et se propulsa
dans les airs.
— Ça y est, regardez tous,
je vole ! s'exclama
l'autruche.

Mais elle avait parlé trop vite !
Quelques secondes plus tard, elle plongea
avec un vacarme épouvantable
en plein milieu de la rivière.
– Ce n'est pas si grave, dit le moineau.
Ton long cou t'a au moins permis
de garder la tête hors de l'eau !

Ce vol désastreux ne découragea pas
l'autruche, bien au contraire. Elle
construisit une autre machine volante
avec des ailes encore plus
grandes et se lança une fois
de plus dans les airs.

– Écartez-vous de mon chemin,
hurla-t-elle aux colombes.
Écartez-vous, je vole !

Hélas ! quel échec ! L'autruche
atterrit dans un grand palmier et
se trouva tout empêtrée dans les branches.
– Ce n'est pas si grave, dit le moineau.
Tes longues pattes t'aideront au moins
à redescendre de ton perchoir.

L'autruche était de plus en plus
déterminée à voler. Elle construisit
une machine encore plus grande et
grimpa tout en haut du rocher. Elle prit
sa respiration et se lança à nouveau dans
le vide. Cette fois, enfin, elle ne piqua pas
du nez et s'envola aussi gracieusement
que tous les autres moineaux.

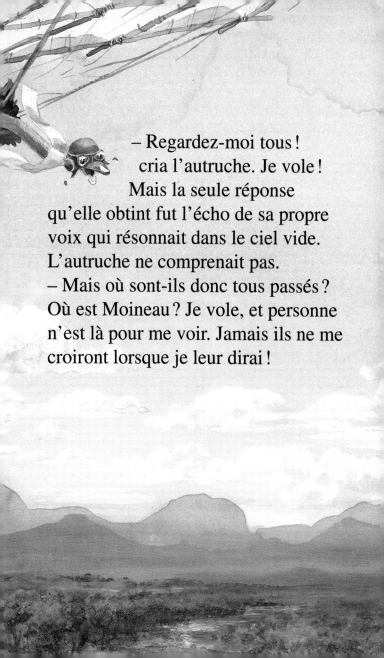

– Regardez-moi tous !
cria l'autruche. Je vole !
Mais la seule réponse
qu'elle obtint fut l'écho de sa propre
voix qui résonnait dans le ciel vide.
L'autruche ne comprenait pas.
– Mais où sont-ils donc tous passés ?
Où est Moineau ? Je vole, et personne
n'est là pour me voir. Jamais ils ne me
croiront lorsque je leur dirai !

Mais si, Autruche, ils te croiront tous !

Pour les benjamins
qui ont envie de découvrir
d'autres histoires drôles et sagaces :